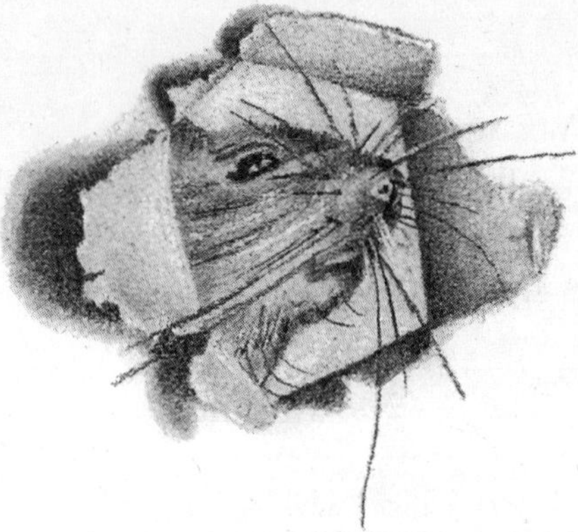

Hansjörg Betschart

SOHEILA

oder Ein Himmel aus Glas

Mit Bildern
von B. Jub Mönster

rororo

Rowohlt

rororo rotfuchs
Herausgegeben von Ute Blaich und Renate Boldt

Einige Ausdrücke,
die du vielleicht nicht kennst,
werden auf Seite 93 erklärt.

Veröffentlicht im Rowohlt Taschenbuch Verlag GmbH,
Reinbek bei Hamburg, Juni 1997

Umschlagillustration B. Jub Mönster
Umschlaggestaltung Barbara Hanke
rotfuchs-comic Jan P. Schniebel

Satz Garamond PostScript, QuarkXPress 3.32
Gesamtherstellung Clausen & Bosse, Leck
Printed in Germany
890-ISBN 3 499 20774 5

Die Schreibweise entspricht den
Regeln der neuen Rechtschreibung.

Ich war zwölf Jahre alt und hatte noch nie eine richtige Katastrophe erlebt – als Soheila auftauchte.
An jenem Tag stand ich zwischen den Pfosten.
Die Bälle flogen nur so an mir vorbei! Links und rechts ins Goal.
Null-eins!
Null-zwei!
Null-drei!
Die Gegner schnitten höhnische Gesichter.
Vor allem Bernie. Dieses Pickelgesicht lachte mich aus, bei jedem Tor!
Bis Turi kam. Turi ist mein Freund.
Wenn er mir zeigt, wo ich bei einem Freistoß am besten stehe, sagt er es ohne kränkenden Unterton und klopft mir auf die Schulter. Er sagt nie, ich sei viel zu dick. Er sagt höchstens: «Du bist dick!», und das darf er. Als mein richtiger Freund!

Außerdem stimmt es ja auch. Ich bin etwas dick.
Bernie versuchte, Turi zu umdribbeln, aber Turi schnappte ihm den Ball weg.
Bernie versuchte, Turi zu stoppen, aber Turi ließ ihn elegant stehen und schoss ein Tor.
Eins-drei!
Das wollte Bernie nicht auf sich sitzen lassen! Er rannte mit dem Ball zum Mittelpunkt, legte ihn eilig hin und tschuttete, bevor die Verteidigung mir helfen konnte, einen Gewaltschuss gegen mein Tor und schrie: «Schieb dein Fett aus dem Tor, wenn ich schieße, sonst spritzt's!»
Aber ich hielt und warf den Ball sofort zu Turi nach vorn.
Zwei-drei!
Da hat sich Bernie auf mich gestürzt: «Du hast mich gefoult, Dicker!» Er prügelte auf mich ein, während Turi vorne noch ein Tor schoss.
Drei-drei!
«Feiiigliiing!», schrie er wie mein Vater, wenn ich mit einem blauen Auge nach Hause komme.
«Zulukaffer.»

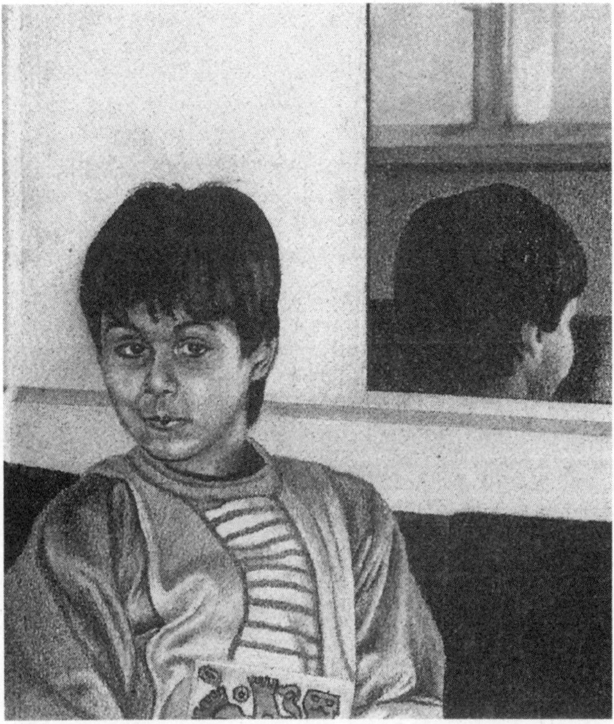

Da habe ich mich blitzschnell auf ihn hinaufgedreht, sodass er unter mir lag.
«So! Gewicht ist auch Kraft! Ich bin kein Zulukaffer! Merk dir das! Mein Vater ist vor Jahren eingewandert. Jetzt ist er Schweizer!»

Bernie wimmerte unter mir und schnaufte und japste, bevor plötzlich seine Faust an meinen Kiefer schoss.

«Zulukaffer.»

Sein Knie rammte er in meinen Magen, und sein Schienbein presste er mir in die Kehle.

Die Tränen schossen mir in die Augen.

Nein, nein! Ich heulte nicht! Es war nur der Schmerz!

Ich habe seit zwei Jahren, vier Monaten und drei Tagen und elf Stunden nicht mehr geweint! Das ist mein persönlicher Rekord.

«Lass Salim in Ruhe, Bernie! Lass ihn!»

Turi baute sich vor Bernie auf, zwei Köpfe größer, und sagte: «Schau, diese Faust! Mein Ururgroßvater war Holzfäller im russischen Ausland, und meine Ururgroßmutter ist ins kanadische Ausland ausgewandert. Das Ausland ist nämlich fast überall, wo die Schweizer hinfahren oder herkommen! So klein ist die Schweiz auf der Weltkarte, wie dein Hirn unter der Lupe: ein Fliegendreck. Und jetzt verschwinde, Bernie

Hensington. Auch nicht gerade ein Schweizer Name!»
«Warte nur!», zischte mir Bernie zu, bevor er davonrannte.
Turi half mir mit einem kurzen Griff wieder auf die Beine und wischte mir das Blut von der Nase.
«Tut's weh?»
Ich nickte.
«Aber ein Drei-vier hätte mehr wehgetan.»
Turi lächelte.

Ich kam an diesem Tag zu spät nach Hause. Unsere Haustür war schon verschlossen. Unser Nachbar schloss sie immer pünktlich ab. Wenn ich nicht pünktlich war, musste ich klingeln. Vater musste dann drei Treppen herabsteigen, um mir die Türe aufzuschließen. Aber meistens schickte er Mutter herunter und schimpfte, wenn ich oben war: Ich stamme nicht von ihm ab! Ich sei nicht sein Sohn! Die Schweizer seien pünktlich, und ich wolle doch wie ein Schweizer sein!, sagte er dann jeweils. Ich will nicht wie ein Schweizer sein. Ich will überhaupt nicht so werden wie er.

Ich klingelte nicht.

Ich kletterte durch das Kellerfenster.

Wenn ich gewusst hätte, was an diesem Tag passieren würde, ich hätte lieber geklingelt!

Ich ließ den Ball vor mir in den Keller fallen, kletterte aus dem Abendlicht über die Äpfelhurde in das Dunkel hinab und wartete wie gewöhnlich, auf neunundachtzig zählend.

Im Sommer war es wenigstens kühl da unten!

Nach etwa eineinhalb Minuten gewöhnen sich die Augen um. Je mutiger man war, desto schneller ging man los, ins Schwarz hinein, bis zur Treppe.

Ich zögerte.

Zwei glühende Augen schauten mich an, zwei Lichtlein leuchteten, bevor ich den Atem hörte, der zu den Augen gehörte, kurze, stoßweise Züge.

Dann ein Schrei – ein fremdes Wort.

Ich verstehe die Sprache meines Vaters und die Sprache der Schweizer, die keine richtige Spra-

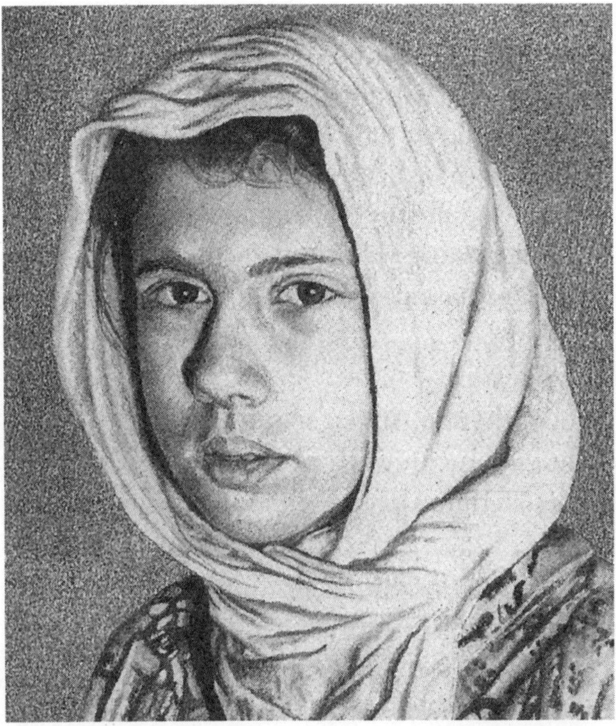

che ist, weil sie nicht geschrieben wird, nur gesprochen.
Aber diese Sprache verstand ich nicht.
Als ich versuchte, die Hand zu berühren, die zu den beiden Augen und dem Keuchen gehörte,

noch einmal dieser Schrei – dieses fremde Wort.
Es war ein Mädchen.
In unserem Keller.
Ein Mädchen. Eine Unbekannte.
Sie fuchtelte mit der Hand. Ich rannte davon.
Mutter erwartete mich an der Tür.
Kein Waschdiehände! Kein Wokommstduwiederher! Kein Papawartetschonlange!
Sie fasste mich am Arm und führte mich stumm an den Tisch, wie einen Gefangenen! Mein Vater habe mit mir zu reden. Und nie mehr, nie mehr solle ich durchs Kellerfenster klettern!
Vater schwieg.
Es gab Rösti mit Bratwurst, wie es die Schweizer mögen.
Meine Mutter kocht oft, was die Schweizer mögen. «Das sind Menschen, die Kultur haben», sagt sie dann. «Esskultur. Wir können von ihnen lernen.»
Dabei wissen die nicht mal, was Warah Enab ist. Meine Lieblingsweinblätter!
Vater strich drohend über seinen Schnurrbart. Ich

streifte unter dem Tisch meine Turnschuhe ab, wegen des Schmutzes, versuchte sie wieder anzuziehen, wegen des Geruchs, und verbarg meine Fingernägel.
Aber Vater störten weder der Schmutz noch der Gestank, noch der Blutfleck auf dem Hemd.
«Sohn!», sagte er mit hochgezogenen Augenbrauen.
Etwas Schreckliches kam auf mich zu! Wahrscheinlich hatte er von der Prügelei auf dem Fußballplatz erfahren.
«Sohn!» Er schob den Rösti-Teller jäh zu mir hin. «Sohn, iss! Ich habe bis jetzt wenig von dir verlangt.»
Ich war überzeugt, die Strafe heiße Autowaschen.
«Sohn, heute werde ich dich um etwas bitten müssen, was nicht so einfach ist wie Autowaschen. Etwas, was Geduld erfordert. Was alles von dir fordert, was du bist als Mensch auf dieser Welt! Nicht mir sollst du einen Gefallen erweisen! Dir!»
Mutter nestelte am Tischtuch.

«Kind!», seufzte sie, und dann prasselten die Worte wie ein Steinschlag aus ihrem Mund: «Du musst ihr helfen. Wir haben doch alle die Bilder gesehen, wie oft haben wir geweint. All die Verletzten und Hungrigen und die abgerissenen Glieder und die erschossenen Mütter. Der Krieg ist so schrecklich und sinnlos, und du hast doch auch geweint!»
«Ich habe nicht geweint!»
«Doch!»
«Ich habe nicht geweint!»
«Sohn! Der Krieg bringt so viel Elend! Und das Elend wohnt seit einer Woche über uns, im dritten Stock. Geflohen sind sie! Verstehst du?»
«Nein!»
«Du verstehst nicht?»
«Nein!»
«Aber das Mädchen.»
Das Mädchen? Natürlich! Die mit den glühenden Augen. – Sie sei in ihrem Haus bombardiert worden! Sie sei über die Berge geflüchtet. Durch den Schnee gewatet mit nackten Füßen.

«Haben die denn keine Schuhe?»

«Salim!»

Man habe ihren Vater gefoltert. Sie habe zusehen müssen, wie ihr Vater – ihr Vater – Vater – erstickt – verreckt… «Bei uns hier in der Schweiz –»

«Du bist kein Schweizer!»

«Ich bin Schweizer, seit ich die Prüfung bestanden habe und eingebürgert wurde. Ich habe einen Schweizer Pass. Wir Schweizer müssen helfen, weil es uns gut geht. Dir geht es doch besser als ihr!»

«Du hast noch deinen Vater», sagte Mutter.

«Und deine Mutter», sagte Vater. «Und deine Heimat! Also musst du mutig sein und helfen. Sie hat niemanden und wird krank, so allein! Wirst du ihr helfen?»

Ich sagte nichts, sondern rannte in mein Zimmer.

Nein! Ein Mädchen!

Allein schon, was Turi dazu sagen würde!

Nein!

Was kann ich denn dafür? Sie ist freiwillig hierher gekommen. Sie hätte ja nach Frankreich gehen

können. Nach Deutschland! Nach... Das Ausland ist groß.
Überhaupt! Nur weil die jetzt über mir wohnt, geht mich das noch lange nichts an!
Womöglich kann die kein Deutsch und versteht mich gar nicht! Und was heißt hier krank? Wenn ich drei Wochen mit niemandem reden kann, werde ich noch lange nicht krank!
Ich werde traurig! Das ist alles.
Nein! Nicht mit mir!

Am nächsten Morgen stellte meine Mutter das Frühstück wie immer hin. Kein Wort über das Mädchen!
Mutter zwang mich nie zu etwas. Sie schwieg einfach.
«Darf ich heute surfen?»
Keine Antwort!
«Kommt Vater über Mittag nach Hause?»
Schweigen.

«Gibt es heute Warah Enab?»
Schweigen.
«Ich muss mich beeilen! Die Turnstunde!»
Schweigen.
«Also, darf ich surfen?»
Schweigen.
Wenn ich fünf Minuten früher oder fünf Minuten später losgerannt wäre, vielleicht wäre alles ganz anders gekommen!
Im Vorgarten saß unter dem Busch das schwarzhaarige Mädchen. Das Sonnenlicht schien sie zu blenden. Keine glühenden Augen, aber bleiche Wangen. Sie schaute mich nicht an.
«Nur schnell weg», dachte ich, «sonst...»
Sie starrte auf die Kieselsteine, hob einen auf, warf ihn hoch, griff blitzschnell den nächsten, fing den fallenden und schnappte den nächsten in Windeseile, sodass die Augen kaum folgen konnten, und zählte laut: «Eins, zwei, drei...»
Sie stockte, als ich an ihr vorbeischleichen wollte, und blickte mit ihren tiefen, schwarzen Augen genau in meine.

Was hätte ich denn tun sollen?
«Vier», sagte ich.
«Eins, zwei, drei, pfier!», sagte sie und: «Fünf!»
Sie blickte nicht hoch zu mir, als ich sechs sagte: «Tsechs!»
Sie blieb unter dem Busch sitzen, zählte laut, und ihre flinken Hände fuchtelten, hoben die Steine, blitzschnell: «Eins, zwei, drei, pfier, fünf, tsechs!»
Ich schlich an ihr vorbei und ließ sie allein. Die andern turnten sicher bereits.
Ich wusste ja nicht, dass es so kommen würde. Auf so etwas ist man hier nicht gefasst. Und dann passiert es halt doch.
In der Schule verabredete ich mich mit Turi zum Surfen am Nachmittag. Vater wird schon ja sagen. Ein lauer Streichelwind wehte in den Bäumen. Wie für mich geschaffen! Mit Turi macht es Spaß zu surfen. Er legt sich in jeden Wind. Er fällt nie vom Brett. Er bleibt noch bei Sturm oben.
Beim Mittagessen fand meine Mutter ihre Sprache wieder.

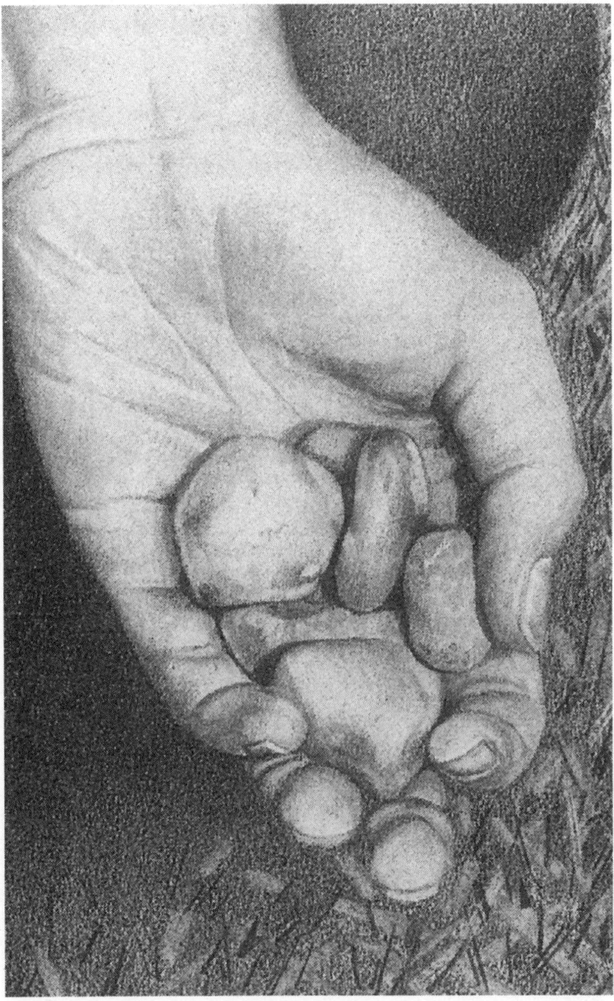

Heute Nachmittag wolle sie neue Hosen für mich kaufen. Im Ausverkauf sei alles billiger. Ich sei auch wieder aus dem Leim gegangen, und das käme vom Hamburgeressen, statt Gemüse!, fiel sie über mich her, bevor ich fragen konnte, wegen des Surfens.

Da klopfte es an der Tür. Vor meiner Mutter stand eine Frau, ein grauweiß gesprenkeltes Tuch um den Kopf. Hilfe! Hilfe! Hilfe!

Ihre Fistelstimme klang verzweifelt, Worte purzelten ins Zimmer, die ich nicht verstand. Mutter sagte auf einmal nur noch «Ah!» und «Oh!». Etwas Entsetzliches musste passiert sein.

«Salim, jetzt musst du helfen. Sie ist unten im Keller. Eingeschlossen!»

«Wer?»

«Soheila!»

«Die?»

Die Kellertür war von innen verriegelt. Ich hörte ein leises Wimmern.

«Soheila» ist arabisch und heißt, das erfuhr ich später, «Die dir ans Herz geht».

Durch den Spalt unter der Türe war nichts zu sehen außer Dunkelheit. Klopfen an die Türe verstärkte das Wimmern. Wie kann die nur so blöd sein! Wahrscheinlich hat sie den Schlüssel abgebrochen.

Man wird den Schlüsselservice rufen müssen oder den Hausmeister!

Meine Mutter sprach jetzt englisch mit der Frau im Kopftuch. Sie sagte zu mir, das Mädchen dürfe keine Uniformen sehen.

Als ob Hausmeister Uniform trügen.

«Wenn sie eine Uniform sieht, wird sie an den Krieg erinnert, an die Soldaten, die Panzer, an den Tod ihres ...»

Mutter schwieg, und die Frau weinte in ihre Tücher. Mutter tröstete sie und weinte auch.

Alle weinten außer mir!

«Also gut. Ich würde einsteigen, aber...»
«Was?», fragte Mutter ungeduldig.
«Ich darf nicht!»
«Was?»
«Durch das Kellerfenster klettern!»
«Vater wird es dir sicher erlauben!»
«Grundsätzlich?»
«Für den Notfall!»
«Für immer?»
«Also gut, für immer!»
Das Kellerfenster war kein Problem.
Den Fuß auf die Äpfelhurde gestellt, tapste ich in der Dunkelheit nach Halt.
Da gellte ein Schrei wie ein Bohrer beim Zahnarzt. Ich ließ mich fallen, so bin ich erschrocken!
«Feiiigliiing!», hätte mein Vater gesagt. «Hast du etwa Angst vor einem Mädchen?»
Das Wimmern wurde leiser. Ich tastete nach der Türe. Sie ließ sich auch von innen nicht entriegeln.
Ich hörte das Flüstern der beiden Frauen drau-

ßen. «Haut ab! Das hier bringe ich schon in Ordnung! Ihr stört nur!» Die Schritte entfernten sich. Das Wimmern verstummte.

Ich tastete nach dem Schlüssel. Irgendwo musste das Brecheisen liegen. Da, beim Hackklotz neben der Axt.

Das graue Licht aus dem Fenster warf schwarze Schatten in die Dunkelheit, und kein Geräusch durchschnitt die Stille. Da stupste mich etwas in den Rücken.

Ich zuckte zurück.

Eine Hand berührte mich.

Ich tastete nach ihr.

Da!

Ein Schlüssel. Der Kellerschlüssel!

Aber die Hand ließ den Kellerschlüssel nicht los. Sie drehte ihn in meiner Hand, und es erklang eine Melodie! Soheilas Lied.

Ein Lied, mit kehliger Stimme gesungen, wie ich es noch nie gehört hatte, so wehmütig, so mild.

Das Lied verklang.

Der Schlüssel fiel mir in die Hand.

«Eins, zwei, drei, pfier, fünf, tsechs, tsieben!», flüsterte sie. Ich öffnete die Türe.
Sie schlüpfte hinaus. Wie ein Schatten verschwand sie im Treppenhaus.

Ich spürte in diesem Augenblick, wie sich mein Leben veränderte. Nie würde es wieder sein wie zuvor.
Jetzt konnte ich nicht mehr zurück.
Jetzt musste ich ihr helfen, ohne Ausreden!
Ich ließ mich auf meinen Hosenboden fallen vor Ärger.
Mutter soll ruhig meine Hosen waschen müssen!
Schließlich war alles ihre Idee gewesen.
Zum Surfen war es zu spät. Turi wird mir sicher böse sein. «Wer zu spät kommt, surft zu spät!», wird er rufen.
Am Abend saß mir ein stolzer Vater gegenüber.
Ich dürfe das Kellerfenster von jetzt an immer benützen. Ja! Und die Frau sei auch glücklich.

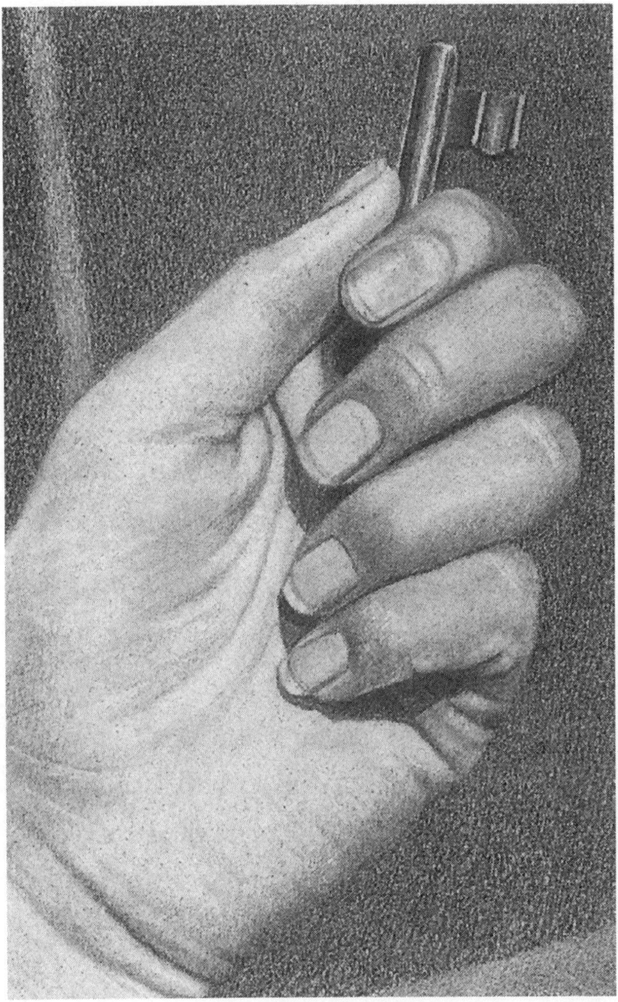

Welche Frau?

Soheilas Mutter! Dass Soheila endlich einen Spielkameraden gefunden habe. Das Mädchen brauche eben ein Kind, das mit ihm spiele.

«Ich bin kein Kind mehr!»

Gewiss sei ich das nicht. Deshalb sei er so stolz auf mich.

«Salim, schau, wie strahlend der Sommer ist! Die Schweizer sind in den Süden gefahren, wo es noch heißer ist, und wir sitzen im Zimmer neben dem kalten Ofen. Ist es nicht herrlich kühl hier», sagte er, «mein Sohn.»

Wie oft bin ich später, als die ganze Geschichte losging, in den Keller gerannt und habe nach Soheila gesucht?

Unter der Äpfelhurde fand ich nichts!

Bei den Veloständern nichts!

In der Zeitungswanne nur Zeitungen!

Ich habe sogar zwei Playboy-Hefte gefunden, so genau habe ich alles durchwühlt! Aber ich habe sie liegen lassen in der Aufregung, und am Nachmittag, als ich noch einmal nach unten rannte, waren sie verschwunden, und ich habe mich fast geärgert!

Heute kann ich nur lächeln über mich, dass ich so blöd sein konnte, wegen zweier Playboy-Hefte!

Ich ging Turi aus dem Weg. Ich wagte nicht, ihm zu erklären, warum ich am Dienstag nicht zum Surfen gekommen war.

Was hätte ich ihm denn sagen sollen?

Eine Ausrede? Das hätte er sofort gemerkt!

Die Wahrheit? Da hätte er mich ausgelacht und dann nie mehr mit mir gesprochen.
So war er. Er war mein Freund, aber er war auch anders als ich.
Außerdem musste ich mich vor Bernie in Acht nehmen. Er hatte schon zweimal auf dem Pausenhof verkündet, er werde kurzen Prozess machen mit dem Zulukaffer, wenn ihm der in die Finger käme!
Die Schweizer Kinder hörten das gerne.
Es war langweilig auf dem Pausenhof, seit das Fußballspielen verboten worden war. Herr Schübliger hatte es verboten, weil Bernie einen Türken gefoult hatte. Dabei war es kein penaltyreifes Foul gewesen, und der Türke hatte sich nur seinen Fuß verstaucht!
Die Versicherung wollte allerdings nicht bezahlen. Fußball sei kein Pausenspiel, und man müsse halt aufpassen.
Das konnte der Vater des Türken nicht verstehen und wurde laut bei Herrn Schübliger im Büro. Er rannte den Schirmständer um, als er alles

erklären wollte und mit einer roten Karte fuchtelte.
Schübliger verstand ihn nicht und glaubte, jetzt werde der ihn umbringen dafür, dass man seinem Sohn den Fuß verstaucht hatte. Aus Blutrache!
«Die Schweiz kann auch nichts dafür!», hatte Schübliger gebrüllt. Sein Sohn hätte sich seinen Fuß in der Türkei auch verstaucht.
Danach verbot Schübliger jegliches Fußballspiel in der Pause. Das sei ja lebensgefährlich mit den Türken!
Aber Bernie ließ sich etwas Neues einfallen!
«Türkennetzen» nannte er es, wenn sie einen aussuchten in der Pause, sich plötzlich alle um ihn herum aufstellten, ihn fast zärtlich beim Namen riefen, «Komm» sagten, «Komm» wie bei einem Huhn – «Komm!»
Und immer enger umkreisten sie ihn. Immer war es einer aus den unteren Klassen oder sonst ein Kleiner. «Komm!»
Dann packten sie plötzlich zu und warfen ihn unter Gejohle in den Brunnen.

«Ach, es ist ja Sommer», sagten die Lehrer.
«Die Türken können sich doch selber wehren! Sonst sind sie auch nicht zimperlich!» Oder sie sagten: «Wir können schließlich auch nicht überall sein und aufpassen! Wir spielen hier nicht Polizisten!»
«Kommst du mit zum Türkennetzen?» Ein Glanz war in seinen Augen, so heimtückisch, dass es mich fror.
«Nein», sagte ich. «Ich habe zu tun!»
«Weil du ein Feigling bist!», sagte er.
Aber es war mir lieber, er lachte mich aus, als dass er mich verprügelte. Ich weiß, wie hart Bernie zuschlagen kann. Ich bin zwar etwas dick, aber weh tut es trotzdem.

Auf dem Nachhauseweg überraschte mich Turi.
«Kommst du heute mal wieder mit zum Surfen?»
«Keine Zeit!», rief ich schnell, ließ ihn stehen und rannte nach Hause.

«Bei dem Wetter?», rief er noch. Sein Gesicht hätte ich nicht sehen wollen.
Aber es ging nicht anders, ich hatte versprochen, heute Nachmittag mit ihr zu spielen.
Was spielt man mit einem Mädchen? Ich meine etwas Gescheites. Gummitwist konnte ich nicht gut, und kochen wollte ich nicht. Vielleicht spielt sie Schach? Das ist auch blöd, weil nichts geredet wird dabei! «Schau, dass du viel mit ihr redest!», hatte Mutter gesagt.
Was sollte ich denn reden? Ich verstand sie ja nicht einmal.
«Sie muss eben lernen, dich zu verstehen! Schließlich ist sie jetzt schon fünf Monate in der Schweiz und spricht kaum Deutsch!»
Ich packte meinen Modell-Ferrari F-40 Zwölfzylinder und die französischen Jasskarten ein. Vielleicht versteht sie die oder kennt sie wenigstens.
Ihre Mutter war begeistert. Sie schaute aus ihrem Schleiertuch hervor und plapperte unverständlich auf der Türschwelle.

So eine blöde Kuh! Kann selber nicht einmal Deutsch, dabei ist das das Mindeste.
Ich wollte gerade sagen: «Tut mir Leid, ich kann heute nicht», und gleich wieder gehen, als ich aus

dem Zimmer eine Stimme singen hörte. «Pfieri, es ist pfieri!»
Ich warf einen Blick durch den Türspalt.
Soheila saß ganz dicht an der Wand neben dem Bett und fuchtelte mit den Händen. «Türe!», sagte sie und wiederholte die Handbewegung.
Ich ging ins Zimmer.
«Türe!»
Die kann doch ein bisschen Deutsch!
«Türe.»
Ich schloss die Tür vor der Nase der Mutter bis auf einen Spalt.
Vielleicht sollte ich besser gleich wieder gehen. Draußen war Surfwetter.
Soheila sagte nichts mehr. Sie fuchtelte nur noch.
Ich stellte den Ferrari vor sie hin.
«Er ist unter Sammlern gut und gerne zweihundert wert. Damit spielt man nicht!», hatte mein Vater gesagt. «So etwas stellt man hin und schaut es an!»
Soheila schaute ihn gar nicht an. Sie summte ganz leise ihre Melodie und schwieg.

Als die Katastrophe eintrat, hat sie nicht gesagt, wohin sie fliehen und wo sie sich verstecken würde. Es war keine Zeit mehr dazu. Und wenn ich sie fände, den Polizisten würde ich es niemals verraten! Weil man denen nicht trauen kann!
Die Polizei suchte später bei uns nach ihr. «Sollen sie doch! Dann kann uns keiner vorwerfen, wir würden sie verstecken», hat mein Vater gesagt.
Ich spürte seine Angst, selbst aus der Schweiz ausgewiesen zu werden. Er hat jetzt zwar einen Schweizer Pass. «Aber wenn wir nicht folgen, fliegen wir trotzdem raus!», sagte er immer.
Folgen heißt bei den Schweizern so etwas wie gehorchen.
«Die Schweizer haben so viel Geld, dass sie nur selten gehorchen müssen. Wir aber haben kein Geld! Uns traut man zu, dass wir unseresgleichen verstecken.»
Dabei ist Soheila genau genommen keine von uns, sondern fast ein Feind.
«Das Volk», sagt mein Vater, «das Volk ist in jedem Land das Volk und wird beherrscht. Aber

bei den Schweizern ist das anders. Da sind alle Schweizer das Volk und herrschen. Weil das Volk der Herrscher ist und das Volk den Herrscher wählt, wählt der Herrscher sich selbst, und es gibt kein Volk mehr. Verstehst du?»

«Nein.»

«Dann lass dir das von einem Schweizer erklären. Sowieso. Da halten wir uns raus!»

Noch war Soheila da, und ich saß vor ihr auf dem Fußboden und sah ihren Händen zu. Hin und wieder sagte sie etwas, was ich nicht verstand.

Ich erklärte ihr, wie ein Zwölfzylinder mit zwei oben liegenden Nockenwellen und Doppelvergaser funktioniert.

Die ganze Zeit starrte sie nur auf den Boden.

Einmal kicherte sie, als ich ihr die innen belüfteten Bremsen und die Einzelradaufhängung erklärte.

Dann gab ich auf.

Ich war fest entschlossen, nicht mehr zu ihr zu gehen, und rannte fast erleichtert aus der Wohnung, die Treppe runter, hinaus ins Freie, zum See, hinunter in den Sommer.
Turi sei nach Konstanz rüber gesurft, sagte seine Mutter, ohne Pass! Ich solle ihm doch folgen.
Wenn das mein Vater wüsste.
«Du gehst mir nicht über die Grenze! Wir dürfen in der Schweiz sein, und dafür sind wir dankbar, aber nach Deutschland gehen wir nicht!»

Am Abend bestand mein Vater darauf, dass ich nicht aufgeben dürfe. Rom sei auch nicht in einer Woche erbaut, Amerika an einem Tag entdeckt und die Erde in einer Stunde erschaffen worden!
Ich hörte gar nicht mehr hin.
Mir fiel plötzlich ein: Ich hatte meinen Ferrari oben vergessen!
Wer weiß, was die damit anstellt?

Es war bereits nach neun. Vielleicht schlief sie schon! Dann musste man sie halt wecken!
Schließlich war es mein Ferrari.
Vater hatte ja selbst gesagt, mit dem spiele man nicht. Der sei viel zu schön. Ich rannte nach oben.
Soheilas Mutter war ganz schön verblüfft. Ich hatte auch wie ein Wilder an die Tür gedonnert.
Soheilas Zimmertür stand offen.
Ich rannte schnell an ihrer Mutter vorbei, bevor die wieder unverständliche Worte auf mich losplappern konnte, und sah die Bescherung.
Das durfte ja nicht wahr sein!
Ich hatte es ja geahnt. Da stand der Ferrari. Aber wie!
Der ganze Motor war ausgebaut. Alle zwölf Zylinder lagen fein säuberlich Schraube für Schraube neben der Federung und dem Differential auf ihrem Tuch aufgereiht.
Ausgerechnet das Differential! Das kriege ich doch nie wieder zusammen!
Soheila saß mit der unschuldigsten Miene der Welt daneben.

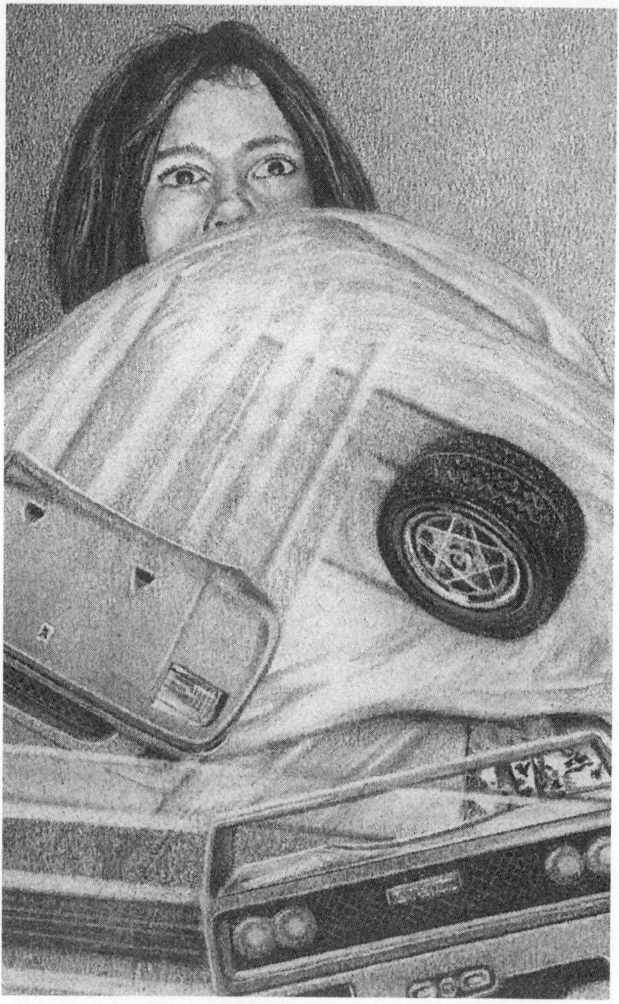

«Zweihundert Franken! Zweihundert Franken!», dachte ich bloß und sagte gar nichts.
Sie deutete fröhlich mit dem Zeigefinger von einem Teil zum anderen und nannte die Namen der Teile in einem Kauderwelsch.
Erst jetzt bemerkte ich, dass sie an der rechten Hand nur noch drei Finger hatte. Der kleine Finger und der Ringfinger fehlten. Dafür hatte sie am Zeigefinger einen schönen Ring mit einem blauen Stein.
Sie schaute mich an.
Vermutlich wäre es besser gewesen, wenn ich jetzt

gelächelt hätte oder wenigstens nicht versucht hätte, ihr die Vorderradaufhängung zu entreißen. Denn als ich das tat, schrie sie plötzlich wie am Spieß, riss das Tuch an sich und versteckte sich darunter.
Dabei flogen die Ferrariteile wie bei einem Unfall an der Hochgeschwindigkeitsschikane in alle Richtungen durch die Luft.
Soheila schrie nicht mehr, sondern wimmerte und fuchtelte wieder.
Ich stand da wie ein Ölgötze und hätte weinen wollen.
Mein Ferrari!
Ich spürte schon den Kloß im Hals und eine Träne im Auge.
Mein F-40!
Ich war im Begriff, meinen persönlichen Rekord im Nichtweinen zu verlieren.
Da sah ich das Gesicht ihrer Mutter im Türspalt.
Dieses verblüffte Gesicht!
Ein Kotflügel war in ihren Haaren hängen geblieben, und das Steuerrad hing ihr in die Stirn! Da

musste ich zum Glück statt weinen lachen, bevor ich davonrannte.
«Ich kann das nicht! Die hat einen Knall und mir meinen Ferrari kaputtgemacht, und ich bin von mir aus ein Feigling!»
Vater sagte nichts. Er legte zweihundert Franken vor mich hin.
«Kauf dir einen neuen! Wenn er dir so viel bedeutet, dass du vergisst, wie mutig du warst! Ich bin stolz auf dich. Du hast es versucht!»
Das hat mich ziemlich umgehauen. Weil es doch wahnsinnig viel Geld ist.
«Dass du gescheitert bist, heißt nur, dass du etwas riskiert und verloren hast!»
«Er muss morgen da hingehen!» Mutter schlug das Geschirrtuch auf den Tisch. «Er muss!»
Vater schüttelte den Kopf. «Er ist mein Sohn, und er wird selber entscheiden! Er weiß, die Aufgabe ist schwer, aber er wird sich etwas einfallen lassen.»
«Morgen werde ich die Ratte mitnehmen!»
Mutter ließ einen Teller fallen.

«Bist du wahnsinnig! Die Ratte! Das Mädchen wird an die Deckenlampe springen vor Schreck.»
Ich hatte meine Ratte seit einem Jahr. Sie war stubenrein, und wenn ich ein «Sss» zischte, kam sie angerannt, kletterte mir auf die Schultern und kitzelte mich mit ihrem Schnurrbart am Ohr.
Es sei ein Tiebold oder so ähnlich, hatte der Zoohändler gesagt. Eine kanadische Zierratte.
«Ich weiß, normale Mädchen rennen vor Ratten weg. Aber die spinnt.»
«Sie spinnt nicht!»
«Sie ist auf jeden Fall nicht ganz normal!»
«Du nimmst die Ratte nicht mit!»
«Doch!»
«Nein!»
«Doch!»

Turi stellte mich am nächsten Tag zur Rede.
«Du hast doch irgendwas? Du verbirgst etwas vor mir!»
Ich sagte ihm, dass ich einfach keine Zeit hätte, dass mein Vater krank sei, dass ich deshalb zu Hause bleiben und ihn pflegen müsse.
Aber Turi glaubt so etwas nicht.
«Du lernst doch heimlich! Du bist ein Streber geworden in der Schule! Meinst du, ich merke das nicht? Ein blöder Besserwisser! Nicht einmal zum Surfen kommst du mehr! Jetzt, wo sich alle hinaustrauen bis vor Konstanz oder weiter. Hockst du zu Hause? Oder hängst du an Mamas Rockzipfel?»
«Nein!»
«Klar doch!»
«Also gut.»
Soll er doch glauben, was er will. Wenn er nur die Wahrheit nicht erfährt.
Ich ließ Turi einfach stehen.

«So, das hier ist meine Ratte. Sie heißt Schlurfi.»
Soheila starrte mich an.
Dabei war Schlurfi noch gar nicht zu sehen. Sie hat nämlich Angst vor fremden Menschen und hatte sich in meinem Hemd verkrochen, unter meiner Achsel im Ärmel.
«Komm, Schlurfi! Komm raus! Hier draußen ist Soheila.»
Ich war ganz froh, dass ich mit Schlurfi sprechen konnte.
Soheila starrte nur stumm.
«Schlurfi ist ein Jahr alt und schläft nachts im Käfig, und tagsüber darf sie bei mir auf der Schulter sitzen. Schlurfi darf sogar von meinem Tellerrand essen, wenn ich über Mittag allein zu Hause bin!»
Soheila hörte zu. Sie hörte langsam auf zu fuchteln.
«Schlurfi isst mir von den Lippen! Gibt man ihr immer dann etwas zu essen, wenn sie nach einem ‹Sss› auf die Schulter geklettert ist, und das immer wieder, dann merkt sie sich das und wiederholt

es, auch wenn sie nichts mehr zu essen kriegt. Sie lernt. Konditionierung nennt man das. Ich habe sie dressiert. Ich mache ‹Sss›, und sie klettert mir auf die Schulter. Sss. Ssssss!»

Aber ich konnte zischen und rufen, wie ich wollte, Schlurfi blieb in ihrem Versteck!

Soheila schaute mich prüfend an.

Jetzt ist er wohl verrückt geworden?, muss sie sich gedacht haben. Sitzt da und redet mit seinem Hemdsärmel.

Dann zischte sie nur einmal kurz: «Sss!»

Schlurfi kam sofort raus und krabbelte auf meine Schulter.

Da hättet ihr Soheila hören sollen, wie sie kicherte!

So ein lustiges Kichern hatte ich noch nie gehört! In der Kehle drin gluckste es, in den Wangen und unter der Zunge schlabberte und wirbelte es, dass ich selber lachen wollte!

Ihre Hand schoss plötzlich mit einem Biskuit hervor.

Jetzt war Schlurfi völlig hingerissen, schnapp-

te den Biskuit, setzte sich neben sie und knabberte.
Soheila kicherte weiter, glucksend und schleifend und schnaufend. So laut, dass ich selber lachen musste vor Schreck!
Alles ging plötzlich so einfach.
Ich sagte: «Ratte.» Sie sagte: «Ratte.»
Ich sagte: «Bett.» Sie sagte: «Bett.»
Ich sagte: «Salim, ich heiße Salim.»
Sie sagte: «Salim, ich heiße Salim.»
Und wir lachten und dann sagte sie:
«Soheila. Ich heiße Soheila. Du Salim. Salim, mein Bruder.»
Wie sie «Soheila» sagte!
Also, ich halte von Mädchen eigentlich nicht so viel. Aber da war schon was dran, dass ich noch beim Einschlafen daran dachte!
Soheila! Was für ein weiches S und ein Oooh, ein Ohh! Dann das L, fast ein bisschen unanständig! Und am Schluss das Aaa!
Schlurfi genoss diesen Abend. Sie saß die ganze Zeit bei ihr auf der Schulter.

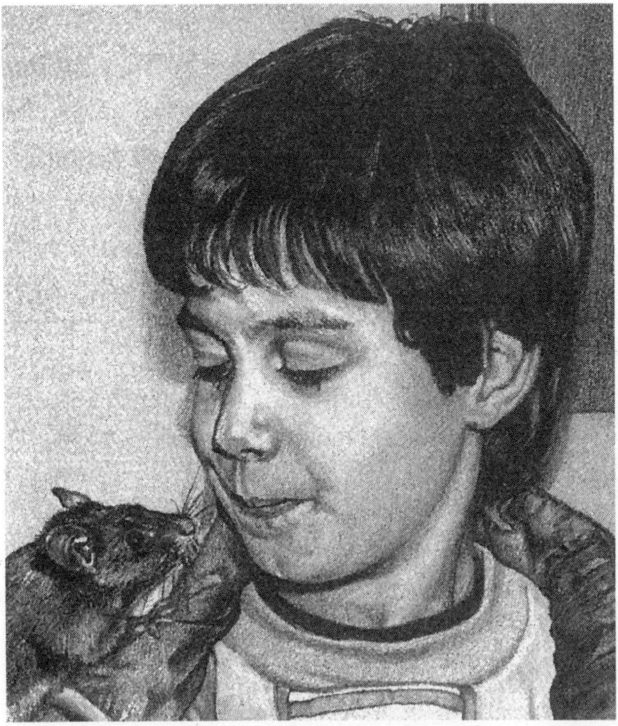

Erst beim Abschied machte ich diesen Fehler. Ich wollte ja nur die Ratte mitnehmen.
Also rief ich Schlurfi: «Sss.»
Aber Schlurfi blieb, und ich, ich habe zu hastig hingelangt!

Soheila schrie sofort wieder, warf sich auf den Boden und wimmerte.
Schlurfi sprang mit einem großen Satz von ihr weg, an mir hoch und versteckte sich in meiner Achselhöhle.
Ich spürte ihr Herz pochen.
Soheila verschwand beinahe unter ihren langen schwarzen Haaren.
«Soheila», sagte ich, «ich komme wieder! Du darfst ruhig Angst haben. Ich komme wieder! Schlurfi auch! Schlurfi kommt auch wieder, wenn sie sich traut. Ich verspreche es dir!»
An diesem Abend hatte ich ein eigenartiges Gefühl. Soheilas lustiges Kichern ging mir nicht mehr aus den Ohren.
Zuerst glaubte ich, das Gefühl sei im Bauch. Vielleicht hatte ich mal wieder zu viel gegessen. Es war so ein lustiges Kribbeln, als ob ich zehn lebendige Spinnen verschluckt hätte, wenn ich an Soheila dachte.
Dachte ich an Turi, war mir aber gleich unbehaglich.

Als ich meinen Vater fragte, ob er auch manchmal so ein Bauchkribbeln bekommt, sagte er nur: «Du wirst jetzt eben ein Mann!», und runzelte die Augenbrauen.
Was heißt «ein Mann»?
Ich muss doch noch vier Jahre in die Schule gehen!

Ich habe also am nächsten Dienstag Schlurfi wieder unter die Achsel gesteckt und noch schnell den Müllsack zur Straße getragen.
Ich weiß auch nicht, wie Bernie plötzlich vor mir stand. Wie aus dem Boden geschossen.
«Stopp! Wo will denn der Kleine hin?»
«Ich bin nicht klein.» Ich bin nur dick. Bernie ist fast so klein wie ich.
«Ich habe zu tun», sagte ich.
Aber er ließ mich nicht vorbei und baute sich direkt vor mir auf.
«Was treibst du mit der Negerin?»

«Sie ist keine Negerin!» Woher hatte dieses Schwein von Soheila erfahren?
«Ausländerinnen sind alle Negerinnen. Waschen sich nicht und sitzen nur in ihren Dreckslöchern!»
«Ich will gar nicht zu ihr!»
Aber Bernie glaubte mir nicht und fasste mir blitzschnell unter die Achsel.
«Was hast du denn da?»
«Das geht dich nichts an!»
Ob ich der Negerin ein Geschenk bringen wolle?
«Die gehört mir!»
Er nahm mich in den Schwitzkasten, presste und würgte mich.
«Na?»
Dann brannte bei mir die Sicherung durch!
Ich vergaß alles um mich herum, alle guten Vorsätze und Friedensworte und klugen Ratschläge meines Vaters, mich nicht provozieren zu lassen.
Ich schlug zurück.
Aber ich hatte keine Chance. Er war viel stärker und schlug nur zweimal zu, dann lag ich am Bo-

den, und als ich aufschaute, war er verschwunden und Schlurfi auch.

«Schlurfi.»

Ich hatte sie ganz vergessen.

Unter der Achsel war sie nicht, zum Glück! Sonst hätte ich sie womöglich erdrückt.

«Sss.»

«Ssssss!»

Dann sah ich sie.

Sie lag da, auf den Steinplatten, die Vorderpfoten leicht angezogen, die Augen friedlich geschlossen, und schlief.

Ich musste sie nur wecken! «Sss!»

Dann würde sie schon auf meine Schulter springen. «Sss!»

Und als ich sie berührte und als ich ihr Herz nicht schlagen spürte und als ich den roten Fleck neben ihrer Schnauze sah und als sie wie ein nasser Schwamm in meiner Hand lag, wusste ich, dass sie tot war.

«Schlurfi ist tot!», schrie ich, als ich zu Soheila ins Zimmer stürzte.

«Sie ist tot!»

Es war mir egal, ob Soheila erschrak oder nicht. Schließlich war es wegen ihr geschehen.

«Tot, tot!»

Ich weinte richtig! Dabei hätte ich mich schämen sollen. Mein schöner persönlicher Weinrekord!
Ich bemerkte gar nicht, dass Soheila im ganzen Zimmer kleine Biskuits für Schlurfi verteilt hatte und jede Menge Schokolade, so verklebt waren meine Augen, und ich versteckte die Tränen unter meinem Arm.
«Weinen?», fragte Soheila mit heller Stimme. «Soheila heute freuen, Schlurfi!»
«Schlurfi...?» Sie zögerte. «Schlurfi...?»
Sie sagte nicht «tot». Sie stockte nur, schwieg dann und zog die tote Ratte aus meiner Hand. Sie legte Schlurfi auf ihr Tuch, Biskuits und Schokolade dazu und wickelte alles vorsichtig ein.
Sie nahm das Bündel in die Hand und zog mich mit sich.
Im Keller stand noch ein großer Blumenbottich voll vertrockneter Erde.
Soheila buddelte ein Loch und legte Schlurfi hinein.
Sie sang wieder dieses Lied.
Ich stand da wie betäubt.

Als Soheila die Erde über die tote Ratte gehäuft hatte, holte sie ein Räucherstäbchen aus der Rocktasche, zündete es an und summte weiter.
Ich mag ja diese Räucherstäbchen nicht. Unter uns gesagt, ich finde, sie stinken.
Als sie ihre kleine Hand sanft auf meine Schulter legte, hätte ich gleich wieder losheulen wollen.
«Schokolade für dich, Salim, mein Bruder. Nicht weinen.»
Sie kicherte. «Schlurfi stinken.»
Ich kicherte auch.
«Jetzt werden sich alle wundern, was hier so stinkt. Aber wir werden es keinem verraten. Es bleibt unser Geheimnis.»
Wir kicherten beide. Es war einfach wie Glück.
An diesen Augenblick dachte ich später oft zurück, als wir nach Soheila suchten.
Vielleicht hätte ich doch etwas tun können, das Schlimmste verhindern. Nachher ist man immer klüger.
Die ganze Stadt durchforschte ich. Jeden einzelnen Winkel.

Ich glaubte nicht, dass jemand Soheila entführt hatte. Wenn sie Geld gehabt hätte vielleicht, nicht, weil sie eine Ausländerin ist; höchstens getötet. Aber ich bin mir sicher, dass Soheila lebt. So etwas spürt man.

Mein Vater war übertrieben stolz auf mich, weil ich nicht gleich aufgegeben hatte. Es war mir direkt peinlich! Der war imstande und erzählte es herum.
Die Nachbarin, Frau Matter, sei auch ganz beeindruckt von mir. Also hatte die Mutter alles ausgeplaudert!
Nun müsse ich mit Soheila nur noch ins Freie!
«Hinaus? Nur das nicht. Nein!»
Ich müsse sie nur am ersten Tag begleiten. Sie traue sich nicht allein, nur mit der Mutter und nur zum Arzt, nicht in den Bus.
Ich müsse ihr ein letztes Mal helfen!
Wenn mich jemand sieht. Was für eine Blamage!

So etwas spricht sich schnell herum!

Ich könne ja mit ihr in die Zoohandlung gehen, zu den Ratten!

Das war keine schlechte Idee.

Soheila war entzückt. Tiere sehen am Stadtrand!

Wir machten einen Umweg oben am Wald entlang.

Ich wollte ja trotz allem nicht gesehen werden!

Soheila musterte mich und wollte wissen: «Du Angst, dass Freunde treffen?»

«Ehm...»

«Nicht Straße, weil da deine Freunde?»

«Ehm...»

«Du nicht mit mir reden?»

«Doch, doch!»

Es war mir peinlich. Sie hatte ja Recht.

Soheila schwieg lange. Der Kies knirschte unter unseren Füßen.

Plötzlich blieb sie stehen und sagte leise: «Ich Vater getötet! Er gekommen am Abend, in Haus! Er geschrien: ‹Verstecken, im Keller!›, und dann Gewehre an Fenster gestellt.

Mutter geweint: ‹Nein. Viele Soldaten und Panzer kommen. Zu viele.›
Vater geschossen, ich glaube.
Ich Angst, nicht in Keller.
Dann Donner, überall.
Donner und Blitz.
Wir nicht getroffen von Bomben.
Alles still, ganz still, ganz still. Angst.
Vater geschrien: ‹Schnell, Gasmasken. Nicht atmen! Soheila, nicht atmen!›
Mutter Gasmaske vor mein Gesicht drücken. Vater und Mutter auch Gasmaske vor Gesicht. Alles still, warten.
Ich keine Luft bekommen. Gasmaske kaputt.
Vater geschrien unter Maske: ‹Soheila, atmen, atmen, atmen.›
Ich keine Luft bekommen. Geschrien.
Vater seine Maske runtergerissen und mir auf Gesicht gedrückt.
Er geschrien: ‹Soheila, atmen, atmen, atmen…›
Vater Gift geatmet –
Ich Vater getötet.»

Soheila nestelte mit ihren Händen und versuchte, die Gasmaske runterzureißen. Dabei war da gar keine.

Die Luft blies frisch und rein vom See, und durch das Laub glitzerte das Wasser. Hin und wieder brummte ein Motorengeräusch durch das Gezwitscher der Vögel.

In der Zoohandlung kannte man mich schon. Ich war ein Experte, das wusste Herr Häfliger, weil ich ja wegen Schlurfi oft bei ihm gewesen war.
Ob ich denn eine neue Ratte kaufen wolle?
«Nein, Soheila will sich nur umschauen.»
«Deine Freundin?»
«Nein, nein, nur quasi!»
«Aha!»
Soheila hatte Mitleid mit den Tieren, weil sie eingesperrt waren.
Sie wollte sie alle anfassen und mitnehmen und freilassen.
«Man darf die Tiere nur anfassen, wenn man sie kauft.»
Herr Häfliger hielt das so.
«Sonst kommt mir einer und steckt sie an, und wer bezahlt mir dann den Schaden? Es kommen jetzt so viele Seuchen aus den verschiedensten Ländern zu uns! Denk nur an die Rinderseuche! Wir Schweizer sind ja nicht vorbereitet gegen all die Viren! Da will ich wenigstens in meinem Laden, dass alles sauber ist. Verstehst du?»

Dann geschah etwas Seltsames.
Auf dem Waffenplatz machen sie diese Übungen mit den F-1. Ich durfte einmal in einem Cockpit sitzen für eine halbe Minute und die Schweiz verteidigen, nicht im Flug, nur am Boden! Denn wenn so eine F-1 fliegt, ist sie in drei Minuten über die Schweiz hinweg, in Italien zum Beispiel. Es dauert elf Minuten, bis sie startklar ist, und zwei Minuten, bis sie aus der Schweiz verschwunden ist. Also kann man sie nur am Boden anschauen.
Ich durfte sogar auf einen Bombenauslöser drücken, weil gar keine Bombe drin war. Das wäre viel zu gefährlich für eine Waffenschau! Die ist ja nur zum Spaß.
Ich hörte also die F-1 über das Dach der Zoohandlung hinwegschießen.
Herr Häfliger fluchte, weil die Landeschneise genau über seinem Haus lag. «Ich würde sie am liebsten abknallen, diese Militärköpfe! Statt dass sie die Grenzen bewachen, spielen sie Star Wars!», rief er und schloss das Fenster.

Aber da wimmerte Soheila schon.
Sie riss einen echten, lebenden Schwamm aus dem Aquarium und presste ihr Gesicht hinein und warf sich unter den Ladentisch.
«Was macht denn diese Verrückte da?», fluchte der Herr Häfliger. «Die macht mir meinen Schwamm kaputt!»
Sie solle hervorkommen! Sonst hole er sie selber!
Aber Soheila fuchtelte nur und schrie in den Schwamm hinein: «Nicht atmen! Nicht atmen!»
Herr Häfliger brüllte auf mich ein. Ich solle die Göre da unten hervorholen! Was seine Kunden denken sollten. Er sei kein Irrenhaus oder Asylantenlager! Sie solle zu Hause spinnen! Ich solle endlich etwas tun!
«Pscht!» Ich wusste ja auch nicht, was tun. «Pscht!», sagte ich nur.
«Was hat sie denn?»
«Sie hat Angst vor Flugzeugen! Ihr Vater ist bei einem Giftgasangriff gestorben.»
Es sei doch nur eine Übung, sagte Häfliger.
«Das weiß ich, aber sie nicht!»

Dann solle ich ihr das doch sagen!

«Das nützt aber nichts!»

Herr Häfliger ging und holte Schokolade. «Vielleicht hilft das?»

Er streckte sie Soheila hin wie einem Dackel: «Komm, komm, komm.»

Aber Soheila reagierte nicht. Sie blieb wie gelähmt unter dem Tisch.

Jetzt war es Herrn Häfliger doch ein bisschen peinlich.

«So mach doch du etwas! Du hast sie doch hierher gebracht!», flüsterte er. «Los!»

«Darf ich eine Ratte haben?»

«Nimm, was du willst! Wenn sie nur da unten hervorkommt!» Also nahm ich eine von den braunweißen, streichelte sie, stellte sie neben Soheila auf den Boden und legte ein Stück Schokolade vor sie hin.

«Sss. Soheila, schau, diese Ratte schläft nicht. Sie atmet! Ohne Gasmaske! Sie lebt! Wenn du herauskommst, darfst du sie mit nach Hause nehmen!»

Da hörte Soheila auf zu wimmern und lauschte dem Knabbern der Ratte.
«Wie heißt sie?», fragte sie.
«Was meinst du?»
«Sie heißt Salim!», sagte sie.
Häfliger wurde ungeduldig. «Was redet die da?»
«Komm jetzt!», sagte ich, «Soheila.»
Sie nahm die Ratte mit einem Griff, stand auf und lächelte.
Häfliger schnaufte erleichtert. «Endlich!»
«Wie viel muss ich für die Ratte bezahlen?»
«Gar nichts! Macht gescheiter, dass ihr verschwindet! Gar nichts! Nur raus sollst du mit der Verrückten.»
Ich zog Soheila aus dem Laden. Sie hielt die Ratte stolz vor ihrer Brust. Wir rannten schon auf den Waldrand zu, als Häfliger rief: «Salim!» Er stand unter der Tür. «Da! Du hast die Schokolade vergessen. Du kannst sie ihr ja zu Hause geben. Wenn sie noch etwas braucht, einen Käfig oder Futter, soll sie vorbeikommen, die Ratte. Also, die Prinzessin mit der Ratte da, meine ich.»

«Ist ja furchtbar», rief er noch, «in welchem Zustand so ein Teil der Menschheit ist», und verschwand kopfschüttelnd im Laden.
Soheila und ich kicherten.
Sie gluckste. Ihr wisst ja schon wie.

Als ich zu Hause ankam, reichte die Zeit noch, um hinunter zum See zu rennen. Surfen! Ich hüpfte die Treppe hinunter, hinaus auf den Hof, über die Straße und direkt in Turi hinein. «Hoi!»
Er stand nur da, die Arme angewinkelt, in die Seiten gestützt. «Hoi.»
«Du bist also mein Freund?»
Ich merkte sofort, dass seine Stimme verändert klang.
«Du willst also mein Freund sein? Was treibst du denn die ganzen Nachmittage, wo wir doch zusammen surfen wollten?»
Ich brachte keinen einzigen Laut heraus.
«Sag bloß nicht, du lernst. Du bist doch schon gut

genug in der Schule. Dicker Streber! Weißt du, was ein Freund ist? Einer, dem man alles sagt! Aber mir sagst du nichts!» Er hatte Recht. Ich brachte kein Wort hervor. Kein einziges.

«Mir sagst du nicht, dass du dich nachmittagelang mit einem Mädchen herumtreibst, mit der verrückten Nudel da aus deinem Haus, die immer in Tücher gehüllt ist. Und ihre Alte erst – mein Gott, ihre Alte! Mit so einer treibst du dich rum! Und sagst mir nichts davon! Du willst mein Freund sein? Weißt du, was ein Freund ist? Das ist einer, den man fragt, wenn man Hilfe braucht! Verstehst du? Ich hätte mich nämlich dafür interessiert, dir zu helfen und ihr, einem richtigen Kriegsopfer! Weißt du, wie spannend ich das finde? Das kenne ich vom Fernsehen. Weil ich nämlich dafür bin, dass man hilft, einem Freund und auch einer ganz dämlichen Liese! Wenn sie in Not ist! Sie kann ja nichts dafür. Du hast mich betrogen! Ich verstehe nämlich auch etwas von Krieg und so! Vielleicht sogar mehr als du! Also, komm mir nie mehr und sage, du seist mein

Freund! Du musst mich nie mehr um etwas bitten, weil du nämlich keine Ahnung hast von Freundschaft! So!»
Und dann ging er einfach weg. Groß, mit breiten Schultern, und schaute sich nicht mehr nach mir um, wie ich da stand, wie ein begossener Pudel.

Ich freute mich beinahe, als es hieß: «Morgen musst du sie in die Schule begleiten!» Endlich konnte ich mein Geheimnis lüften. Dabei würde das ganz schön peinlich werden. Es konnten ja alle alles sehen! Mich und sie!
Schweizer Mädchen gehen alle mit diesen grellen Plastikschultaschen auf dem Rücken zur Schule, und in die Haare binden sie sich Schleifen, und ihre Turnschuhe sind farbig.
Soheila ging mit ihren schwarzen Schuhen, in ihrem schwarzen Kleid, mit ihrem gemusterten Tuch um den Kopf. Auf ihren Schultern saß die Ratte, wie an Fasnacht!

Ich ging vor ihr her, mit ein paar Schritten Abstand.
Aber Soheila wollte mich wie einen Bruder an der Hand halten, stellt euch das vor! Ich, mit einem Mädchen an der Hand und einer Ratte! Da habe ich sie schnell in einen Hauseingang gezerrt. «Es geht nicht, dass wir Händchen halten! In fünf Minuten klingelt es zum ersten Mal. Wir müssen uns jetzt beeilen. Du gehst immer ein paar Schritte

hinter mir. Das macht man hier so», log ich und bekam rote Ohren.

«Salim!», sagte sie und nestelte in ihrer Tasche. «Hier.»

Sie streckte mir – ich glaubte es nicht – den Ferrari, meinen F-40, hin.

Sie hatte ihn selber wieder zusammengesetzt.

«Eine Schraube nicht gefunden. Aber Auto fährt wieder.»

Sie ließ die Räder surren. Sie liefen absolut rund. «Für Salim!» Sie strahlte mich mit funkelnden Augen an. Das hätte jeden anderen auch fertig gemacht.

Wenn ich heute daran denke, könnte ich schreien vor Wut auf die Polizei. Die sind ja schuld an allem! Dass es so kommen musste!
Ich habe auch den ganzen Schulweg abgesucht, den Hauseingang, habe alle Leute nach einer Ratte gefragt, aber keiner wusste etwas.
Und die Polizei tut nur so, als ob sie helfe!

Soheila wusste in Mathematik, was dezimal ist, und einmal antwortete sie auf Deutsch.
Schübliger war zufrieden.
In der Pause holte Soheila die Ratte wieder aus ihrer Tasche heraus. Die Klassenkameraden drängten sich um sie.

Ob die Ratte denn hygienisch sei?
Wo sie denn scheiße?
Ob die nicht Seuchen übertrage?
Ob man sie nicht in eine Art Heim zur Desinfektion stecken müsse? Für ein paar Wochen? Wie sie heiße? Sicher ein exotischer Name, den keiner aussprechen könne.
Woher diese Rasse denn käme? Sie sähe so niedlich aus.
Ob sie nicht beiße?
Was sie esse? Auch Fleisch und so? Sicher kein Schweinefleisch!
Soheila lächelte nur und streichelte die Ratte. Ich hatte ihr verboten, die Ratte Salim zu nennen. «Masil» nannte sie sie, aber zum Glück merkte niemand etwas.
Am Abend fand bei uns zu Hause eine kleine Feier statt. Alle saßen wir um das Tischchen auf dem Boden. Mutter hatte alle Leckerbissen gekocht, die ich mochte. Die vielen Vorspeisen. Warah Enab und Datteln zum Dessert! Soheila aß von allem doppelt so viel wie ich. Sie hatte ja auch

keine Probleme mit dem Gewicht. Masil huschte auf dem Tisch herum und durfte von allen Tellern naschen. Alle lachten.
Nur meine Mutter schaute leicht säuerlich und lächelte verkrampft.

Am nächsten Tag begann das Elend.
Soheila kam nicht mit zur Schule.
Der Kantonspolizist hatte den Bescheid überbracht. Ihr Antrag auf Asyl war abgelehnt worden. Soheila musste mit ihrer Mutter innerhalb von drei Tagen die Schweiz verlassen haben!
Mein Vater telefonierte. Die Wählscheibe wirbelte unter seinen Fingern! Er verlangte den zuständigen Beamten, dann einen anderen und noch einen, er wurde immer wütender und schrie am Telefon auf Arabisch.
Und meine Mutter sagte: «Das hat jetzt gar nichts genützt! Im Gegenteil! Einem Schweizer darf man nicht so kommen! Da wird er nur bockig.»

«Dann verstecken wir sie!», sagte Vater auf Arabisch, und in seinen Augen glühte ein Feuer, das mir beinahe Angst machte. «Soheila wird bei uns wohnen, und ihre Mutter werden wir im Dachboden verstecken!», schrie er. «Ein Kind werden sie nicht allein abschieben!»

Heute dürfen das alle wissen, jetzt, wo alles an die Öffentlichkeit gekommen ist. Auch die Polizei. Sollen sie uns doch auch abholen!

Soheilas Mutter jammerte, weil es jetzt im Sommer so heiß war auf dem Dachboden. Aber mein Vater sagte, sie hätte eben keine andere Wahl. Im Kriegsgebiet sei es auch sehr heiß.

Soheila musste weiterhin zur Schule gehen. Ich sollte aufpassen auf dem Weg. In der Schule würde die Polizei sie nicht holen. Nicht in der Schule. So brutal sei die Polizei nicht in der Schweiz, dass sie ein Kind am helllichten Tag vor den Augen aller abführten, in ein Lager! Das gäbe zu viel Aufsehen. Da sei der Schweizer diskret, in solchen Sachen! Er habe Turi gefragt.

Mein Vater! Typisch! Ausgerechnet Turi!

Der wartete am nächsten Morgen mit ernster Miene unten an der Haustüre.
Er habe ja gewusst, dass ich es ohne ihn nicht schaffe. So ein Notfall sei halt doch ein Notfall. Da sei man schon auf ihn angewiesen. Da helfe er sogar einem Mädchen, wenn er auch sonst nicht

viel von Mädchen halte. Aber im Notfall! Helfen würde er allemal, sogar ungefragt!

Ich sei ja so klug gewesen, ihn anfragen zu lassen. Den besten Buschkämpfer im Quartier! Er habe das Gelände schon erkundet. Keine Uniform in Sicht!

«Also, gehen wir, uns können Heckenschützen nicht schrecken!» Er schaute etwas beunruhigt auf die Ratte auf Soheilas Schulter und ging los.

In der Schule war Soheila beliebt.

Schübliger hielt gerade eine Geschichtsstunde über Völkerwanderungen, als er die Ratte entdeckte.

Er schluckte, rieb sich nervös die Nase und schaute mich Hilfe suchend an.

«Sie ist in der Schweiz geboren», sagte ich. «Eine Nachfahrin der Norvegicus, der Wanderratte. Absolut stubenrein.»

Schübliger putzte sich die Nase.

«Nun gut», brummte er, «so soll Soheila der Schweizer Wanderratte und uns etwas aus ihrem Land berichten.»

Aber das wollte sie nicht. Sie schwieg einfach, und wir spürten alle, dass sie nicht über ihr Land sprechen wollte. Vom Tod und von den Männern in Uniformen und Panzern und Flugzeugen.

Stattdessen sang sie leise von ihrer Heimat. Wir waren beeindruckt, und Schübliger hatte die Wahnsinnsidee, dass wir zum Dank jodeln sollten von unserer Heimat.

Aber das konnte keiner richtig, und wir mussten nur blöd lachen.

Auf dem Nachhauseweg wollten alle mit Masil spielen. Sie saß immer ganz brav auf Soheilas Schulter, und auch Schokolade konnte sie nicht weglocken.

Bernie musterte sie eine Weile von weitem, bevor er sich vor Soheila aufbaute.

Mir schwante nichts Gutes.

Schon wie er sich da hinpflockte, war bedrohlich.

Ausgerechnet jetzt war Turi nicht in der Nähe.

Bernie schob seine Knollennase ganz nahe vor Soheilas schwarze Augen.
«Unsere kleine Negerin!»
«Sie ist keine Negerin! Und sie hat mehr erlebt als du in all deinen Videos!»
«Ach, und Schalim, unser Schaleimscheißer! Deine Negerin steht da wie ein Kuhfladen! Ist das Tuch nicht viel zu warm? Weg damit! Was ist denn das für ein nettes Plüschtierchen da? Hä?»
Ich sah, wie der Schreck das Gesicht Soheilas verzerrte, wie sie schrie, wie Bernie ihr das Tuch wegriss, wie Masil durch die Luft flog.
Um mich herum blitzten grüne Wutblitze wie Bombeneinschläge! Grelle Explosionen! Dumpfe Detonationen!
Ich verpasste Bernie eine volle Gerade und einen linken Schwinger mitten ins Gesicht, dass es mir selber saumäßig wehtat.
Bernies Gesicht war schmerzverzerrt, er stieß mich mit einem Fußtritt in den Magen weg.
Ich raste wieder auf ihn los, klammerte mich fest, ohne links oder rechts etwas wahrzunehmen. Nur

seine giftig leuchtenden Augen, die ich gerne gelöscht hätte mit meinen Schlägen, sah ich vor mir und erreichte sie nicht.
Er warf sich auf mich, drückte mich auf den Boden, bog meine Arme in meine Schulterblätter hinein und verdrehte mir die Nase. Er wolle mir einmal zeigen, was ein anständiger Hosenlupf sei. Er wolle mit mir ein kleines Schwingerfest feiern, und er drückte mir seinen Daumen in das Nasenloch, dass es blutete. Soheila hörte ich schon lange nicht mehr schreien. Ich merkte nur, wie Bernie plötzlich losließ, ohne dass ich gesagt hätte: «Ist ja gut, ich gebe auf!»
Er ließ los, weil Turi ihm eine gesalbt hatte, dass er die Laternen von Meersburg sah!
«Lass meinen Freund in Ruhe! Du!»
Bernie ließ sich vor Schreck neben mich fallen, rappelte sich hoch und rannte davon. So schnell hatte ich ihn noch nie rennen sehen! Nicht einmal beim Fußball.
«Das werdet ihr mir noch bezahlen! Zulukaffer!», hörte ich ihn von weitem schreien.

Um mich herum tanzten immer noch grelle Farbknäuel. Nur langsam kam ich wieder zu Atem.

«Salim?» Turis Stimme vibrierte in allen Tönen. «Komm, steh auf! Ist nicht so schlimm! Hier, wasch dir das Blut ab.» Er hielt mir seine Wasserflasche und ein Taschentuch hin.

Alles tat mir weh.

«Ich kann gar nicht aufstehen! Alles ist so schwer!»

«Komm jetzt, Freund, ich glaube, du musst etwas abnehmen.»

«Wo ist Soheila?»

Plötzlich war ich wach.

«Dein Schätzli? Die sitzt da drüben unter dem Busch und fuchtelt mit den Armen, als ob sie in einen Bienenschwarm gefallen sei. Komm! Wir bringen sie nach Hause.»

Dass Masil verschwunden war, bemerkten wir erst am Abend. Wir hätten gerne Anzeige erstattet. Nur bei wem?

Die Polizei hätte Fragen gestellt und nach der Mutter gesucht, um sie auszuweisen.

Soheila sprach in den nächsten Tagen kaum ein Wort.

In der Schule erkundigte sie sich bei Herrn Schübliger, ob denn noch Krieg sei? Ob man wisse, ob das Schweizer Rote Kreuz noch in ihrer Heimat sei? Ob es denn wieder Milch gäbe? Ob sie Medikamente mitnehmen dürfe? Masil war noch nicht wieder zurückgekehrt. Wo doch Schübliger uns einen Film über die Fortpflanzung der Ratte versprochen hatte. Speziell für Masil! Als Schübliger den Film trotzdem zeigen wollte, stellte er sich beim Einspulen vor lauter Aufregung so umständlich an, dass er nur Bandsalat fabrizierte, bis Turi ihm endlich half.

«Die Fortpflanzung der Ratte!»

Jetzt waren wir gespannt. Es sollte die wichtigste Biostunde unseres Lebens werden.

Erst kicherte und tuschelte die ganze Klasse. Sogar Soheila lachte wieder, gluckste und kicherte.
Schübligers Stimme dröhnte aus dem Dunkel. Ein Lichtbündel zeichnete eine Grafik vorne auf die Leinwand. Als die erste Ratte erschien, klatschten wir.
Als dann gezeigt wurde, wie die intelligente Ratte die Käfigtüre öffnen konnte, sprang auch bei uns im Klassenzimmer die Türe auf, und im Lichtstreifen sahen wir Schatten.
Schatten mit Uniformmützen.
Schatten mit Uniformstimmen.
Soheila schrie auf und warf sich unter den Tisch. Die Schatten hetzten geräuschlos hinter ihr her, packten sie, hielten sie zwischen sich fest und sagten uns, dass wir uns nicht aufregen sollten! Dass wir ganz ruhig den Film zu Ende sehen sollten! Dass wir uns nichts denken sollten dabei! Dass alles gut sei!
Schübliger schnaubte schwer, und sein hochroter Kopf leuchtete im Projektionslicht.

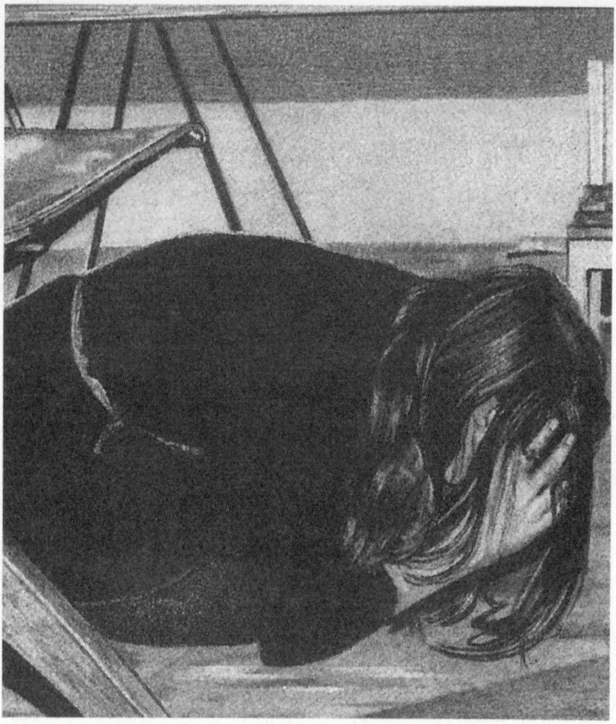

Ja, das habe er jetzt noch nie erlebt! Ob sie sich eigentlich nicht schämten! Vor all den Kindern! Dabei sind wir gar keine Kinder mehr!
Ob sie sich überhaupt ausweisen könnten?
Wer das zu verantworten habe?

Wie sie überhaupt hießen?
Da sagte der Polizist nur: «Das Gesetz!»
Das Gesetz seien wir alle. Sie handelten nur, damit es eingehalten werde. Es sei nur eine Routine. Sie hätten es auch gerne anders gehabt. Aber das sehe nicht jeder ein. Und sie hätten auch nur auf Befehl zu handeln. Wo kämen wir da sonst hin? Wenn ein Befehl einfach missachtet werde! Oder ein Gesetz? – Dann verschwanden die Schatten wieder aus dem Klassenzimmer mitsamt Soheila.

Der Film hatte sich ausgefädelt. Er lief irgendwo auf den Boden hinaus, und die leere Rolle rasselte gleichmäßig monoton. Keiner sagte ein Wort. Im Klassenzimmer war es ganz dunkel. Nur vorne auf der Leinwand zuckten ungeordnete Bilder von Ratten, Käfigen, Körperteilen, Operationen. Aber es interessierte keinen mehr.
Ich hörte ein Weinen im Ratatatata des Projektors.

Wir schämten uns.
Keiner war aufgestanden und hatte sich gewehrt für Soheila.
Schübliger saß nur da und schnaufte schwer.
Dann sagte er: «Jetzt ist mir alles Wurscht!», und stand auf. «Kinder!»
«Wir sind keine Kinder!»
«Also gut, meine Damen und Herren. Ich erkläre die Schule für heute beendet! Wer bleiben will, schreibt einen Brief. Einen Protestbrief. Schreibt, wenn ihr wollt, an – ja, an wen eigentlich? An die Gemeindeverwaltung! An den Polizeikommandanten! An den... Schreibt, was heute hier geschehen ist. Wir wollen sehen, ob das nichts nützt! Verteilt die Blätter.»
Dann setzte er sich vorne an sein Pult und starrte auf das verdunkelte Fenster.
Alle blieben.
Und alle schrieben.
Sogar Bernie kritzelte etwas auf sein Blatt.
Als Vreni fragte: «Gibt es Noten?», lächelte Schübliger nur.

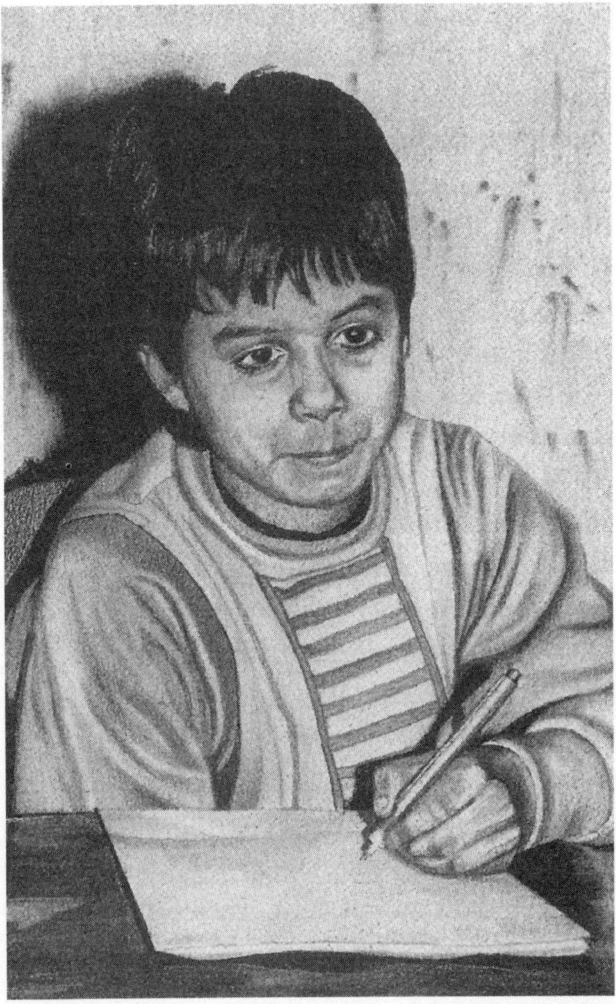

«Nein, Vreni. Nein. Die Schule gibt Noten, das Leben nicht!»
Ich saß und konnte nicht schreiben.
Mir verschloss ein Wort den Kopf.
«Verbrecher!»

Seit jenem Tag hat man von Soheila nichts mehr gesehen.
Sie soll noch am selben Morgen davongerannt sein, der Polizei entkommen, sagt man. Sie habe sich versteckt, und die Mutter wolle man allein nicht ausweisen. Die habe man auch geholt. Sie sei jetzt in einem Flüchtlingslager.
Aber von Soheila wisse man nicht, wo sie geblieben sei.

Die Klassenkameraden schickten ihre Briefe noch am nächsten Morgen ab.
Die Gemeindeverwaltung war gar nicht zuständig. Sie haben die Briefe nur weitergeleitet.
Und die auf dem Polizeiposten auch.
Schübliger hat einen Tag lang nicht unterrichtet. Aus Protest. Schließlich sei das hier eine Schule und nicht der Wilde Westen.
Ab sofort war das Fußballspielen auf dem Hof wieder erlaubt. Und das «Türkennetzen» war verboten.
Bernie nennt es jetzt «Gautschen», wie die Buchdrucker. Und der Unterricht läuft wieder normal.
Wenn Turi auf die Polizei flucht, sagt meine Mutter immer nur: «Pscht! Wenn das jemand hört!»
Und Vater sagt: «Wir sind hier nur Gäste in diesem Land!»
«Ich nicht!», sagt Turi, «ich bin einer dieser Füdlibürger.»
«Füüüdlibüüürger!», schreit Turi so laut aus unserem Fenster, dass Mutter sich schämt.
«Pscht!»

Masil ist wieder aufgetaucht. Sie saß abgemagert und zerzaust im Kellerschacht. Ihre Schnurrbarthaare haben gezittert. Zuerst hat sie an mir geschnuppert wie an einem Fremden.

Jetzt sitzt sie auf meiner Schulter und schaut mit mir aus dem Fenster. Sie reckt ihre Nase in die Luft und wittert: Ganz in der Nähe – irgendwo – sie spürt das – ist Soheila.

Und sie hört von irgendwoher ein Lied.

Ich weiß, welches.

Nachwort

Ich war als Kind eine Leseratte. Die Liebesgeschichte «Leila und Madschnun» von Nizami habe ich mit der Taschenlampe unter der Bettdecke gelesen, «Das Tagebuch der Anne Frank» unter der Schulbank. «Alan and Naomi» von Levoy habe ich später trotz mangelhafter Englischkenntnisse verschlungen, und diese Geschichte aus einer Zeit, über der so viel Schweigen liegt, hat mich lange begleitet. Nach Jahren bin ich «Alan and Naomi» wieder begegnet, zunächst im Theater, dann leider in der Wirklichkeit: in einem kleinen Schweizer Städtchen. Dort hat sich die Geschichte, die ich hier erzähle, abgespielt. Nicht unter der Bettdecke. Unter den Augen der Nachbarn. Sie hat sich nicht genau so ereignet. Aber auch nicht genau anders.

Hansjörg Betschart

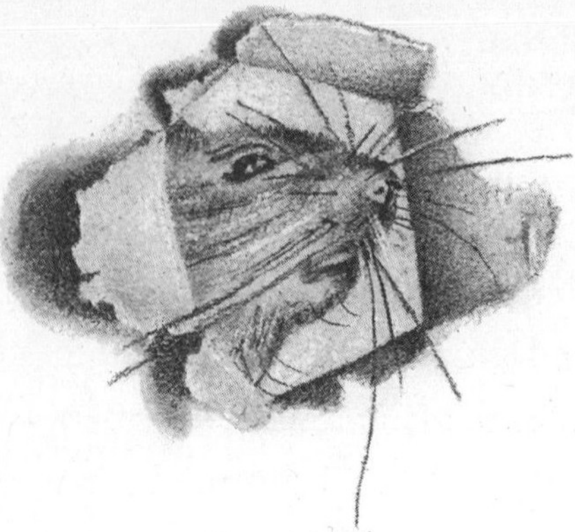

Diese Ausdrücke kennst du vielleicht nicht:

Goal: Tor
tschutten: kicken
Äpfelhurde: Kellergestell zum Einlagern von Äpfeln
Rösti: Bratkartoffeln nach Schweizer Art, mit einer zusammenhängenden Kruste
Veloständer: Radständer
penaltyreifes Foul: Foul, das zum Elfmeter führt
Jasskarten: Spielkarten
Biskuit: Keks
Quartier: Stadtviertel
Hosenlupf: Ringkampf, bei dem sich die Gegner (Schwinger) an den Hosen packen
Schwingerfest: Wettkampfveranstaltung solcher Ringkämpfe
Füdlibürger: Spießbürger

Foto © Claude Giger

Hansjörg Betschart wurde 1955 in Basel geboren. Nach dem Studium an der Schauspielakademie Zürich hat er das Basler Jugendtheater gegründet und vier Jahre geleitet. Anschließend arbeitete er als Regisseur an Theatern in Deutschland, der Schweiz, Schweden und in Kirgisien. Er schrieb die Theaterstücke «Rock wie Hose» und «Frankensteins Kind». «Soheila oder Ein Himmel aus Glas» ist sein erster Kinderroman.

B. Jub Mönster wurde 1949 in Oldenburg geboren. In Bremen studierte er Bildhauerei und Malerei. Es folgte ein längerer Aufenthalt in Norwegen. Seit 1981 arbeitet er in Bremen als Maler – er bemalt unter anderem riesige Gebäudewände – und als Kinderbuchillustrator. B. Jub Mönster arbeitet nach Fotos, und er hat auch für dieses Buch alle Szenen fotografiert.